切り絵詩画集

言葉の色

雅春
masaharu

文芸社

美しき風が通りすぎた時

この風琴はおのずから響く

美琴

見上げた空の青さがなんだか悲しいとき

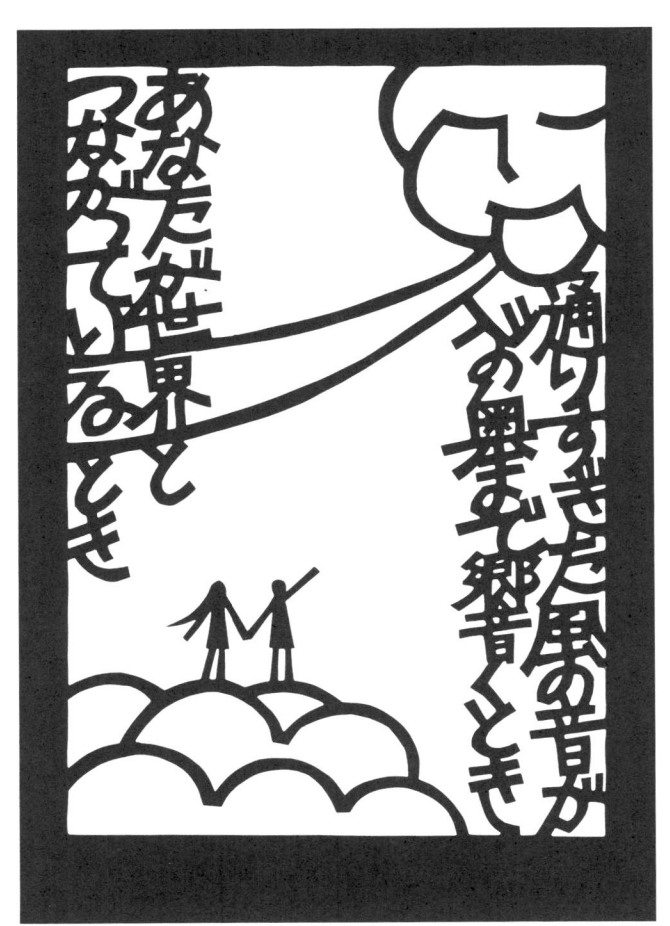

通りすぎた風の音が心の奥まで響くとき
あなたが世界とつながっているとき

つながり

雲は空をおそれぬから
何処までもひろがることが出来る

風は木々をえらばぬから

何処までも吹き抜けることが出来る

形をもたないものの大きさ・優しさ

風にくすぐられて子供は笑った
風になでられて子供は眠った

風を見ようと大人は風車を回した

風が止んでも大人は気づかなかった

風が止んだ日

青い空で天使が笑う

雲にくすぐられ

風に頭をなでられて

天使は喜び、空は優しさを深める

私が 羽を降ろしたのは
2本の足で歩きたかったから
私が 羽を降ろしたのは
つまづきながら歩きたかったから

羽の代償・空の代償

羽をもがれ子供は生まれ落ちた
自分の足音を響かせるために

天使が羽を降ろした日

持ち札の数を大きく見せようとすればするほど
私は小さくなっていった

私の存在価値を示すもの

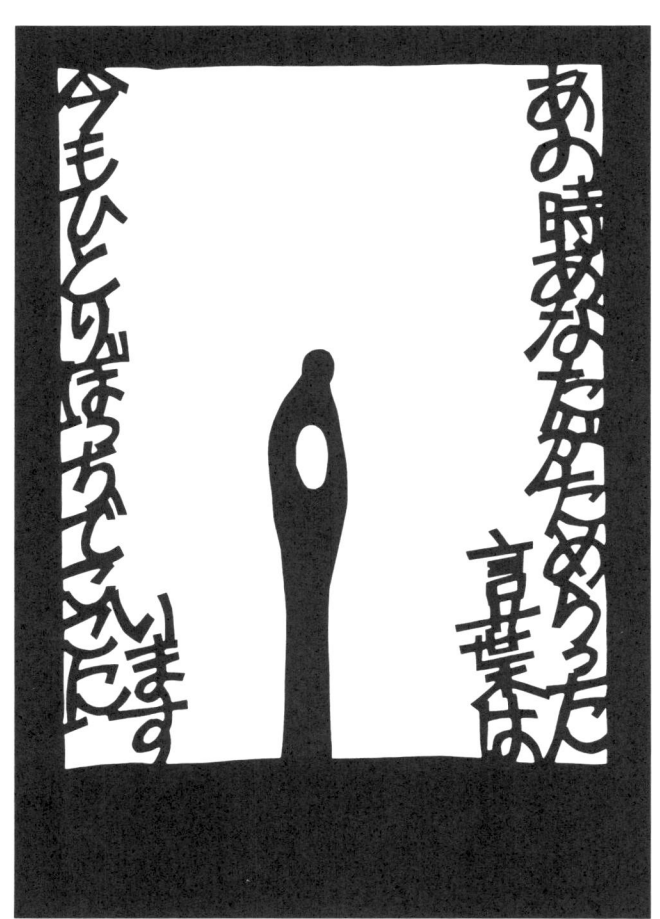

あの時あなたがためらった言葉は

今もひとりぼっちで此処にいます

文字に出来なかった言葉

人は云う痛みは分かちあえると
人は云う苦しみは分かちあえると

私には今は待つ事しか出来ない
君に見せられぬ これっぽっちの幸せを持って
君の悲しみが切なさにかわるまで

いそがなくてもいいんだよ
みんなの声が聞こえなくても

いそがなくてもいいんだよ
心にリズムが現れるまで

自分のはやさで

人はみんな孤独を抱え
生きるものと誰かが言った

本当に知りたいのはそこからどうして
生きてゆけばいいのかなのに

孤独を抱えて

心の小さなつぶやきが
誰かの心につながればいい

たいそうなもの言いが

言わぬよりましと思えるように

言葉が生かされる為に

おり重なる花の隙間から
青い空が見えました

明日への希望

あとがき

こどもはいい。

嬉しいときは裸足だろうが外へ飛び出し、気に入らないことがあれば泣き叫び、欲しい物があれば駄々をこねる。

大人になるとそうもいかない。人には見せられない淋しさや、苦しみだってある。それでも日常は繰り返され、心の声は奥底へ押しやられてゆく。

そんなときふと、心のどこかで求めていた言葉にふれるときがある。そんな言葉に出会うと人は安らぎを覚えることがある。枯れていたダムが水をたたえ街に灯がともるように。あたたかくて優しくて。時には励まし時には慰めてくれる。まるで自分のこと以上に自分の気持ちを理解してくれる昔からの　友人のように。

ここに集められた言葉の中のひとつでも誰かの心に繋がったらいいなと思う。誰かの心の若葉が芽吹くときを静かに待てる力になればと。

この切り絵を作り始めた頃、元気のなかった友人にと送ったことがあった。「見ているうちに気持ちが和んだ」と言ってくれたのがなんだかとてもあたたかくて嬉しくて。ただ自分の楽しみのために作っていた言葉や絵が、自分の意識と離れたところで誰かの心に伝わることもあるんだと。

それからそんな喜びを見返りに求めながら、これまでいくつか仕上げてきた。いろんな方の力を借り、今回こうして一冊の本にまとめることができた。友人、近所の人だけでなく、こうしてこの本を手にとって下さったどこかの誰かとも繋がっていけたらこんなに嬉しいことはない。

これからもこの黒い画用紙から言葉が抜け落ちてしまわぬように、大切に言葉を切り続けていきたい。

この心の小さなつぶやきが言わぬよりましと思えるようにいつかどこかで誰かの心に繋がるように。

著者プロフィール

雅春（まさはる）

1970年生まれ。瀬戸市在住。
ホームページ「きり紙のイラストレーション」
http://www.geocities.co.jp/
Bookend-Akiko/2838/

切り絵詩画集　言葉の色

2001年11月15日　初版第1刷発行

著　者　　雅春
発行者　　瓜谷　綱延
発行所　　株式会社 文芸社
　　　　　〒112-0004　東京都文京区後楽2-23-12
　　　　　　　　電話　03-3814-1177（代表）
　　　　　　　　　　　03-3814-2455（営業）
　　　　　　　　振替　00190-8-728265

印刷所　　株式会社 平河工業社

©Masaharu 2001 Printed in Japan
乱丁・落丁本はお取り替えいたします。
ISBN4-8355-2758-5 C0092